Max viaja a la Luna

Una aventura de ciencias con el perro Max

Jeffrey Bennett

Ilustrado por

Alan Okamoto

EDICIÓN PARA
EL PLANETARIO

Acerca de esta edición en español

Esta edición en español está basada en una nueva versión de *Max Goes to the Moon* que ha sido diseñada para acompañar a la presentación multimedia del planetario, *Max viaja a la Luna,* que está disponible para los planetarios alrededor del mundo. Si bien la historia principal no ha cambiado, la introducción es nueva y se ha revisado sustancialmente el texto de los Big Kid Boxes, es decir los Cuadros Educativos, tanto para actualizarlos como para contestar preguntas que se le han hecho al autor en más de 100 escuelas primarias durante sus presentaciones de *Max viaja a la Luna.*

Editor: Robin J. Heyden, Joan Marsh
Diseño y producción: Mark Stuart Ong, Side by Side Studios
Traducción al español: Luis y Miriam Shein

Publicado en los Estados Unidos por
Big Kid Science
680 Iris Avenue
Boulder, Colorado 80304
www.BigKidScience.com
© Derechos de autor, 2013, Jeffrey Bennett. Todos los derechos reservados.

ISBN 978-1-937548-24-7

También disponible en inglés: Max Goes to the Moon

Otras obras de Jeffrey Bennett

Para niños:
    Max Goes to Mars
    Max Goes to Jupiter
    Max's Ice Age Adventure (with Logan Weinman)
    The Wizard Who Saved the World
    El mago que salvó al mundo (in Spanish)

Para adultos:
    On the Cosmic Horizon
    Beyond UFOs
    Math for Life

Libros de texto:
    The Cosmic Perspective series
    Life in the Universe
    Using and Understanding Mathematics
    Statistical Reasoning for Everyday Life

Expertos que revisaron este libro

Dr. Thomas R. Ayres, University of Colorado
Dr. Laura Danly
Dr. Megan Donahue, Michigan State University
Dr. Erica Ellingson, University of Colorado
Angela M. Green Garcia, NASA Johnson Space Center
Dr. Susan Lederer, NASA Johnson Space Center
Mark Levy, Educational Consultant
Dr. Gary Lofgren, NASA Johnson Space Center
Dr. David S. McKay, NASA Johnson Space Center
Dr. Cherilynn Morrow
Dr. Nick Schneider, University of Colorado
Dr. Mary Urquhart, University of Texas, Dallas
Dr. Mark Voit, Michigan State University
Dr. James C. White, Rhodes College
Jonnie Lynn Yaptengco, NASA Johnson Space Center
Helen Zentner, Educational Consultant

Un agradecimiento especial a Maddy Hemmeter (Tori)

A los niños de todo el mundo:

Sigue tus sueños, estudia mucho y algún día vivirás en un mundo
tan maravilloso como el que imaginamos en este libro.

Nota del autor

Imagina que pudieras enviar un corto mensaje a través del tiempo a quien haya vivido en cualquier época, describiendo algún hecho que les diera esperanza para el futuro. No creo que se pueda encontrar algo tan poderoso como esto: Los seres humanos han caminado sobre la superficie de la Luna y dejaron una placa en su primer viaje que decía: "Hemos venido en paz, en nombre de toda la humanidad".

Ningún otro evento en toda la historia de la humanidad sería a la vez tan comprensible —después de todo, cualquiera puede ver a la Luna— y tan asombroso. En la mayor parte de la historia de la humanidad, un viaje a la Luna hubiera sido considerado como imposible. Aún cuando ya se sabía que teóricamente podría realizarse tal viaje, pocos fueron los que creyeron que se haría realmente. Pero no sólo lo hicimos, sino que lo hicimos en nombre de toda la humanidad, no sólo en nombre de los astronautas que realizaron el viaje, el de las personas que participaron en el programa espacial o sólo en nombre de la nación que cubrió los gastos. Seguramente, si fuimos capaces de esto, me parece que somos capaces de cualquier cosa.

Desde 1969 hasta 1972, un total de 12 personas caminaron sobre la superficie de la Luna, pero nadie lo ha vuelto a hacer desde entonces. Algunas personas piensan que así debe de ser, ya que tenemos bastantes problemas que resolver primero aquí en la Tierra. Sin embargo, yo creo que seríamos mejor capaces de resolver nuestros problemas si tuviéramos la inspiración especial que solamente viene de una exploración de este tipo. Imagínate si, como en este libro, construimos un lugar en la Luna donde gente de todo el mundo pudiera trabajar unida. Cada niño, en cada nación, podría entonces ver a la Luna en el cielo y decir: "Allá arriba estamos trabajando juntos, así que seguramente podemos trabajar unidos también acá abajo".

Por eso, yo pienso que es hora de que regresemos a la Luna y después a Marte, a Júpiter y todavía más allá. Creo que nuestro futuro depende de esto. Espero que se unan a mí y a Max en…

¡Alcanzar a las estrellas!
—Jeffrey Bennett

El astronauta Eugene Cernan, manejando el vehículo lunar durante la misión de Apolo 17. Nadie ha visitado la Luna desde que el Apolo 17 la abandonó el 19 de diciembre de 1972. ¿No habrá llegado el momento de regresar?

La placa en el módulo lunar de Apolo 11 como se fotografió antes del vuelo.

sta es la historia de cómo el perro Max ayudó a las personas a regresar a la Luna —esta vez con el fin de permanecer allá.

Las fases de la Luna

Mira a la Luna ponerse tras las montañas en la ilustración. ¿Sabes cómo llamamos a la Luna cuando se ve así?

La Luna tiene un ciclo de fases que va desde la luna nueva (cuando no se puede ni siquiera ver a la Luna) hasta la luna llena y de regreso, en aproximadamente 29½ días, o sea, casi un mes. Los diagramas de abajo muestran las fases básicas. Las fases de luna nueva hasta luna llena se llaman *crecientes*, o sea, que la Luna se va llenando. Las fases de la luna llena hasta la luna nueva, se llaman *menguantes*, o sea, que la Luna aparece cada vez menos llena.

Las fases crecientes empiezan con una luna *creciente* hasta el (primer) *cuarto creciente*, donde la Luna se ve iluminada precisamente a la mitad, y después sigue hasta la luna *llena*. Las fases menguantes continúan al revés donde la Luna llega al (tercer) *cuarto menguante*, disminuyendo hasta una luna *menguante* y otra vez a la luna *nueva*. Podría parecer extraño que lo que aparece como "media" luna se llame primer "cuarto" creciente o tercer "cuarto" menguante, pero esto se debe a que la Luna se ve medio iluminada cuando está en el primer y tercer cuarto de su ciclo.

Ahora, pon atención a las fases donde la Luna está entre los cuartos y la luna llena, cuando se ve iluminada la mayor parte de ella. Estas fases se llaman *gibosas* (que quiere decir "jorobada"). En la ilustración del desfile, la Luna aparece en su fase *gibosa menguante*, ya que tiene la forma gibosa —jorobada— y viene después de la luna llena.

¿Quieres saber *por qué* la Luna tiene fases? Ve la actividad que aparece en la página 30.

nueva | primer cuarto | llena | tercer cuarto | nueva

creciente | gibosa creciente | gibosa menguante | menguante

Todo empezó la mañana del desfile. Max acababa de regresar de su visita a la Estación Espacial. Era un héroe y todos querían celebrar sus aventuras.

Mientras avanzaba el auto que conducía a Max a lo largo de Pearl Street, él miró hacia el oeste y comenzó a aullar precisamente cuando la Luna se ponía tras las montañas.

La verdad es que Max estaba aullando porque oyó una sirena. Siempre aullaba cuando oía una sirena. Pero como los reporteros de la televisión no sabían esto, creyeron que le estaba aullando a la Luna.

Uno de los reporteros se dirigió a Tori, una de las amigas de Max.

—¿Por qué le aulló Max a la Luna? —preguntó.

—No estoy segura —dijo Tori—. A lo mejor es porque él quiere ir a la Luna.

La Luna a la luz del día

Los cuentos infantiles casi siempre nos hacen pensar que la Luna y la hora de dormir siempre vienen juntas. Pero hay muchas noches en que no podemos ver a la Luna a la hora de dormir y muchos días en los que podemos verla en el cielo a luz del día.

Cada día, la Luna sale en el este y se pone en el oeste, como lo hace el Sol. Los tiempos de la salida y puesta de la Luna dependen de la fase en la que está la Luna.

Una luna nueva sale y se pone a la misma hora que el Sol, y por eso no la podemos ver: Durante el día la luna nueva está escondida en el resplandor del Sol y en la noche está más abajo de nuestro horizonte. Una luna llena se levanta y se pone del lado opuesto al Sol, es decir, se levanta durante el ocaso y se pone al alba. Por esto, podemos ver a la luna llena durante toda la noche.

Conforme progresan las fases, la Luna sale y se pone cada día como 50 minutos más tarde. Durante las fases crecientes (cuando la Luna se está llenando), la Luna sale durante el día y se pone en la noche, lo que quiere decir que la podemos ver en la tarde y temprano en la noche. Durante las fases menguantes (cuando la Luna está diminuyendo), la Luna sale en la noche y, por esto, todavía la podemos ver en la mañana. Así podemos saber que en la escena del desfile de la mañana, vemos a una luna gibosa que está en su fase menguante (y no creciente).

Dejando a la Tierra

Si arrojas una pelota al aire, ésta vuelve a caer hacia la Tierra. Pero mientras más fuerte y más rápido la tires hacia arriba, más se eleva antes de caer. Si tuvieras fuerza mágica, podrías tirar la pelota tan fuerte y tan rápido que ésta nunca caería de regreso. Se diría que le diste a la pelota *la velocidad de escape*, porque subió tan rápido que pudo escapar de la Tierra hacia el espacio.

La velocidad de escape de la Tierra es muy grande —como 40,000 kilómetros por hora (o sea, 25,000 millas por hora). Esto es mucho mayor que la velocidad a la que podemos lanzar una pelota. Es aún más rápido de como vuelan los aviones. ¡Sin embargo, los cohetes sí pueden viajar a tal velocidad!

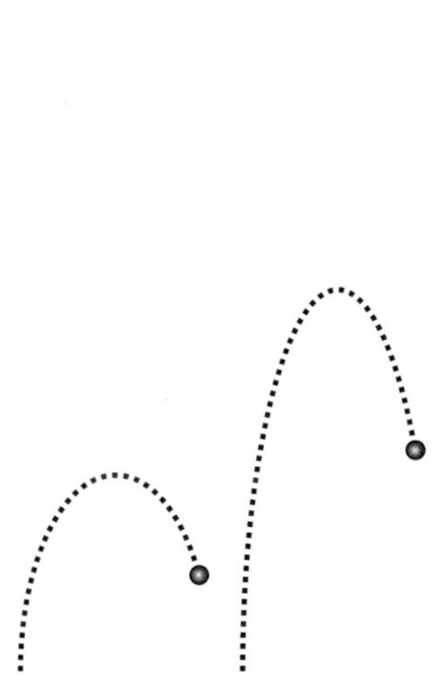

Resulta que el "a lo mejor" de Tori fue una razón suficiente para la televisión. Al día siguiente, el sueño de Max de ir a la Luna figuraba en todas las noticias. Ya que nadie había estado en la Luna por muchísimo tiempo, era ya el momento de que alguien —o de que algún perro— viajara de nuevo a la Luna.

DAILY NEWS WORLD $.25

MOON-DOGGY DOGG

MOON

K-9 COURAGE

NASA

No es tan fácil ir a la Luna. Se necesitan cohetes con motores de propulsión muy potentes para que una nave espacial despegue de la Tierra. Se requiere de una planeación muy cuidadosa para que los astronautas lleguen a la Luna y que, por supuesto, puedan regresar sanos y salvos. Además, cuesta mucho dinero.

No importa donde Max estuviera, la gente le gritaba: ¡Manden a Max a la Luna!

Las personas enviaron cartas al Presidente. Así fue que una nueva nave espacial destinada para la Luna se construyó en la Estación Espacial.

Un viaje a la Luna

Este cuento se trata de un viaje a la Luna que incluye una parada en una estación espacial, pero ésta no es la única manera de llegar allá. Las misiones Apolo del pasado llevaron a los astronautas directamente de la Tierra a la Luna, y muchos planes para viajes futuros incluyen viajes directos.

La mayor ventaja de una parada en una estación espacial es que podemos utilizar la misma nave lunar muchas veces. La parte más difícil y más cara de una misión al espacio es el despegue de la superficie de la Tierra. Mientras más pesada sea la nave espacial, más cuesta lanzarla al espacio. Así que, atracar una nave lunar re-usable a la estación espacial (que aparece abajo en la ilustración como la parte redonda con cuatro patas) nos ahorraría el costo de lanzarla desde la Tierra en múltiples ocasiones. Ensamblar la nave lunar en el espacio también nos podría ahorrar dinero, porque podría ser más económico el lanzar varios cohetes pequeños (cada uno llevando una parte de la nave lunar) en vez de un cohete grande.

Hay que tener presente que no importa cómo lo hagamos, un viaje a la Luna es mucho más ambicioso que uno a nuestra estación espacial actual, que está girando alrededor de la Tierra a una altura de menos de 400 kilómetros (o sea, 250 millas). La Luna está a una distancia aproximada de 400,000 kilómetros, o sea, *1,000 veces más lejos* de la Tierra que la estación espacial. Para verlo a escala, la diferencia entre ir a la estación espacial e ir a la Luna es tanta como ¡la diferencia entre una caminata cruzando el Parque Central en Nueva York y una cruzando todos los Estados Unidos!

Tori le dio a Max las buenas noticias. —Vas a ir a la Luna —dijo—. Espero que también a mí me dejen ir contigo.

¿Por qué es la Luna una "luna"?

Nosotros llamamos a la Luna una "luna" porque su órbita circunda a la Tierra; cualquier objeto cuya órbita circunda un planeta es una luna (o *satélite*). Pero la Luna, a no ser por su órbita, no es muy distinta a un planeta.

Ocho objetos en nuestro sistema solar tienen órbita alrededor del Sol y, como son suficientemente grandes, los llamamos *planetas*: Mercurio, Venus, Tierra, Marte, Júpiter, Saturno, Urano y Neptuno. Objetos menores, también esféricos, cuya órbita gira alrededor del Sol, tales como Plutón, Eris y Ceres, se llaman *planetas enanos*. Nuestra Luna es menor que el menor de los planetas (Mercurio), pero mayor que cualquier planeta enano conocido.

La Luna es similar a un planeta no sólo por su tamaño sino también por su composición. Así como los cuatro planetas interiores (Mercurio, Venus, Tierra y Marte), la Luna está hecha casi totalmente de roca y metal. De hecho, los científicos que estudian los planetas suelen pensar que la Luna y los planetas interiores en nuestro sistema solar, son los cinco *mundos terrestres*; la palabra *terrestre* significa "similar a la Tierra". Se usa este término, porque los cinco mundos tienen una superficie rocosa como la de la Tierra.

Tierra	Luna
diámetro = 12,760 km	diámetro = 3,480 km

Estas fotos muestran los tamaños de la Tierra y la Luna a escala. Para mostrar la distancia entre ellas a la misma escala, necesitaríamos separar las fotos una distancia donde cupiera la imagen de la Tierra unas 30 veces.

Max regresó a entrenar con los astronautas. Ellos estaban contentos de tener a Max de regreso con ellos. Max hizo que las largas sesiones de entrenamiento parecieran divertidas.

De alguna manera, él siempre lograba encontrar un palo. Le encantaba jugar a recuperar el palo mientras los astronautas entrenaban en el tanque de agua. Además, le gustaba jugar tira y afloje con una cuerda. ¿Puedes adivinar quién ganaba siempre?

La cara o faz de la Luna

La Luna siempre muestra casi la misma cara o faz a la Tierra. Por esto, ninguna persona había visto el otro lado o la "cara lejana" de la Luna hasta que mandamos un aparato, llamado "sonda espacial", para tomarle fotografías.

Lo que algunas personas llaman "el hombre en la Luna" no es más que una imagen que forman los grandes cráteres y *maria* en la cara de la Luna. A propósito, la palabra *maria* quiere decir "mares" en latín; recibieron este nombre ya que su tersa apariencia les recordaron a los antiguos la tersa apariencia que tiene los mares cuando se les ve desde lejos.

Los cráteres son cicatrices de impactos de asteroides y cometas. Las *maria* están localizadas en sitios donde hubo impactos particularmente grandes —tan grandes que fracturaron la superficie de la Luna. Lava candente surgió de estas fisuras y llenó los grandes cráteres, dejando una superficie tersa, una vez que se enfriaron y solidificaron.

maria

Los alunizajes de las misiones Apolo

La ilustración en esta página muestra lo que se vio realmente cuando los astronautas del Apolo 11 visitaron la Luna en julio de 1969. Pon atención al módulo lunar que le llamaron *Águila*.

Los astronautas Armstrong y Aldrin pasaron menos de 24 horas en la superficie de la Luna. Mientras tanto, un tercer astronauta, Michael Collins, los esperaba en el *módulo comando* que estaba en órbita alrededor de la Luna. Cuando se terminó su misión, la parte superior del módulo lunar (que es la parte gris en la ilustración) se desprendió, llevando consigo a Armstrong y Aldrin de regreso al módulo comando. Ya reunidos, los tres astronautas regresaron juntos a casa. El viaje completo de la Tierra a la Luna y de regreso tomó como ocho días.

En los tres años siguientes, cinco misiones Apolo adicionales —el Apolo 12, 14, 15, 16 y 17— alunizaron con éxito en la Luna. (El Apolo 13 tuvo un accidente en el espacio y no pudo alunizar como estaba planeado, pero sus astronautas regresaron sanos y salvos a la Tierra). Desde entonces, nadie ha viajado a la Luna o más allá. Esto quiere decir que hubo un total de seis alunizajes en la Luna, cada uno con dos astronautas, lo que significa que durante toda la historia de la humanidad *únicamente doce personas han pisado otro mundo*... hasta ahora.

Tori pensó que Max debería saber un poco de historia antes de su viaje. Así que le contó de los primeros astronautas que fueron a la Luna.

—Escucha cuidadosamente, Max. Neil Armstrong y Buzz Aldrin fueron las primeras personas en pisar la superficie de la Luna. Su misión se llamó Apolo 11. Ellos alunizaron el 20 de julio de 1969. Neil Armstrong fue el primero en bajar de la nave. ¿Sabes lo que dijo al dar el primer paso en la Luna?

—Armstrong dijo:

*Es un pequeño paso para
un ser humano,*

*pero es un gran salto para
la humanidad.*

—¿Entendiste, Max?
Max ladró y Tori lo interpretó como un "sí".
—Buen perro, Max —dijo Tori.

Acerca de esa bandera

Observa la bandera. Se ve como si flotara en el viento, pero seguramente ya sabes que esto no puede ser. Después de todo, los astronautas necesitan trajes espaciales porque no hay aire en la Luna, y sin aire no puede haber viento. Entonces ¿cómo se sostiene la bandera?

Antes de dar la respuesta correcta, vale la pena desmentir de un mito común. Si preguntas por qué la bandera no se dobla, mucha gente diría que es porque "no hay gravedad en la Luna". Pero es muy claro que están equivocados. El hecho de que los astronautas estén caminando sobre la Luna y no flotando en el espacio demuestra que *sí* hay gravedad en la Luna. La única diferencia entre la gravedad de la Tierra y la gravedad de la Luna es que la de la Luna es más débil.

Así que, ¿cuál es la razón correcta por la que la bandera sigue sosteniéndose? Es sencillo —tenía una varilla telescópica en su parte superior que los astronautas fueron extendiendo conforme desdoblaban la bandera.

La NASA escogió a seis astronautas con experiencia para ir a la Luna con Max. Ya que Max y Tori hacían tan buen equipo, Tori también pudo acompañarlo.

Así es que una tripulación de siete personas y un perro despegaron hacia el espacio.

¿Alas en el espacio?

Tanto los aviones como los cohetes vuelan, pero de manera muy distinta. Los aviones necesitan alas para volar. Las alas tienen una forma especial para que, cuando los aviones avanzan suficientemente rápido, el aire que está debajo del ala empuja hacia arriba con más fuerza que el aire que está sobre el ala. Esta fuerza que empuja hacia arriba se llama *sustentación*, y es lo que le permite volar a los aviones. Los pilotos pueden ajustar los alerones en el ala para aumentar o disminuir la sustentación, haciendo que el avión suba o baje.

Pero las alas no sirven para nada en el espacio, porque no hay aire que produzca sustentación. Por eso, las naves espaciales más bien necesitan motores de propulsión. (El Trasbordador Espacial sí tenía alas, pero las usaba sólo cuando aterrizaba en la Tierra.)

En unas cuantas horas habían atracado en la Estación Espacial, donde los estaba esperando su nave lunar. Después del almuerzo en la Estación Espacial, la tripulación abordó la nave.

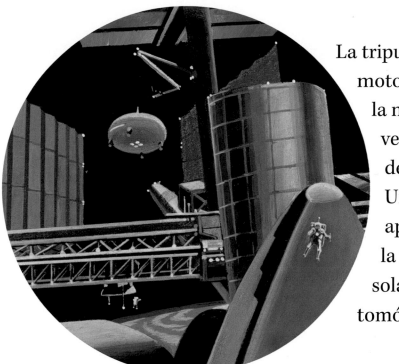

La tripulación encendió los motores de propulsión de la nave lunar y ésta ganó velocidad, separándose de la órbita de la Tierra. Una vez logrado esto, apagaron los motores y la nave se deslizó, por sí sola, hacia la Luna. El viaje tomó poco más de dos días.

Los cohetes

Un cohete vuela porque lanza un chorro de gas caliente de su cola, lo que hace que el cohete avance hacia adelante. Es la misma razón por la que vuela un globo inflado de aire si lo dejas libre sin atarle la boquilla: el globo avanza hacia adelante mientras el aire escapa por atrás. Por supuesto que un cohete tiene mucho más fuerza y más control que un globo.

Podría parecer que los cohetes "se empujan" del piso, pero no es así; su fuerza se debe a que el gas caliente se está escapando por atrás. De hecho, el piso (y el aire en nuestra atmósfera) obstaculiza la salida del gas caliente, y por eso los motores de propulsión funcionan mejor en el espacio que en la Tierra.

Parece increíble, pero las naves en el espacio ni siquiera necesitan motores de propulsión excepto para acelerar, desacelerar o dar la vuelta. En el espacio, donde no hay aire que crea fricción o resistencia, las naves espaciales pueden deslizarse sin necesidad de motor. Por esto, la nave lunar puede apagar su motor una vez que está en ruta hacia la Luna. Tampoco las naves espaciales y los satélites necesitan combustible para permanecer en órbita alrededor de la Tierra, siempre y cuando sus órbitas estén lo suficientemente altas sobre la atmósfera de la Tierra.

Esta misma razón es la que explica por qué la Luna no necesita combustible para mantenerse en órbita alrededor de la Tierra y por qué la Tierra y los otros planetas no necesitan combustible para mantenerse en órbita alrededor del Sol. Sin la presencia de aire que los frene, las lunas y planetas pueden seguir en órbita prácticamente sin límite de tiempo.

Muy pronto, la Luna surgió enorme en la ventana, dejando a la Tierra a gran distancia. La tripulación giró la nave en la dirección opuesta y así, cuando se encendieron los motores de propulsión, la nave redujo su velocidad. Al acercarse la nave lunar a la superficie, sus motores levantaron una nube de polvo lunar. Finalmente, se posó suavemente en la superficie de la Luna.

15

Los trajes espaciales

Probablemente ya sabes que los trajes espaciales les permiten a los astronautas portar consigo el aire que necesitan. ¿Pero alguna vez te has preguntado por qué son tan gruesos los trajes espaciales?

Una razón es para proteger a los astronautas de temperaturas extremas. Como no hay aire en el espacio para moderar las temperaturas, hace muchísimo calor a la luz del Sol y muchísimo frío en sombra —la diferencia entre luz y sombra en la Luna puede ser de ¡200 °C (400 °F)! Así que los trajes espaciales necesitan tener sistemas de calentamiento y enfriamiento para mantener una misma temperatura en su interior.

Una segunda razón es para proteger a los astronautas de las peligrosas radiaciones del Sol como son los rayos ultravioleta y los rayos X. En la Tierra, nuestra atmósfera nos protege de estas radiaciones. En el espacio, cuando los astronautas están fuera de sus naves espaciales, tienen que depender de sus trajes espaciales para bloquear estas radiaciones. Otras razones por las que los trajes espaciales deben ser gruesos es para poder mantener la presión del aire en su interior y para proteger a los astronautas de partículas de alta velocidad que puedan haber en el espacio.

Los trajes espaciales también les permiten a los astronautas a comunicarse entre sí, porque tienen sistemas de comunicación interconstruidos. A pesar de lo que has escuchado en las películas de ciencia ficción, el sonido no puede viajar en el espacio vacío. El espacio siempre es silencioso, y aún las explosiones no producen ningún sonido en el espacio. Cuando oímos a los astronautas hablar en el espacio, lo que oímos son sus voces transmitidas por los sistemas de comunicación que tienen dentro de sus trajes espaciales.

Max estaba tan emocionado de haber llegado a la Luna que la tripulación tuvo mucha dificultad en ponerle su traje espacial. Hubo necesidad de que tres de ellos sujetaran a Max, mientras que los otros metían sus patas en el traje espacial. Luego, Tori se ocupó de acomodar la cola de Max en el lugar correcto en el traje. Después, cerraron todas las hebillas y ajustaron su casco. Finalmente, revisaron todo con cuidado para ver que el traje espacial estuviera sellado.

Cuando abrieron la compuerta, Max saltó para afuera.
¡Deberían de haber visto la expresión de su cara! Llegaba más lejos
y más alto de lo que esperaba. A la vez, tardaba más en regresar a la
superficie de la Luna de lo que estaba acostumbrado en la Tierra.
Tori lo vio por la ventana y dijo:

—¡Este es un gran salto para un perro!

Gravedad débil

¿Te has preguntado *por qué* los objetos caen al suelo? La respuesta es *gravedad*, que es lo que atrae hacia abajo a todo objeto en la Tierra. Si saltas para arriba, la gravedad te jala de regreso hacia abajo. Te sigue atrayendo aún cuando estés en el suelo, que es lo que te da tu peso.

En la Tierra, la fuerza de la gravedad es prácticamente igual en todas partes. Pero la gravedad es distinta en otros mundos. En la Luna, la gravedad es como seis veces más débil que en la Tierra, así que tu peso en la Luna sería como un sexto de tu peso en la Tierra. Todo lo demás también pesa menos en la Luna, así que podrías levantar grandes objetos que serían muy pesados para poder levantarlos en la Tierra. Asimismo, podrías lanzar objetos mucho más alto y mucho más lejos.

La gravedad más débil de la Luna significa también que los objetos caen hacia el suelo más despacio que en la Tierra. Esto, unido al hecho de que las cosas pesan menos, es lo que hace que los astronautas en la Luna puedan brincar más fácilmente que caminar. Es por esto también que Max se llevó una gran sorpresa cuando dio su primer salto en la Luna.

La falta de aire en la Luna

Max notó muchas cosas raras en la Luna, muchas de las cuales suceden porque no hay atmósfera en la Luna. Ésta es la razón por la que los astronautas (¡y los astroperros!) deben portar su propio aire en sus naves y usar trajes espaciales. Además, sus trajes espaciales deben protegerlos de radiaciones peligrosas. Pero la carencia de aire tiene también otros efectos.

En la Tierra, la atmósfera crea *presión*, sin la cual los océanos hervirían aún a bajas temperaturas. En la Luna, la falta de atmósfera significa que no hay presión y no hay agua líquida. Sin aire y sin agua, no hay vida en la Luna. Es por esto que Max no pudo encontrar un palo.

En la Tierra, el viento y la lluvia causan *erosión* que, en general, borra las huellas en unos cuantos días. Pero no hay viento ni lluvia en la Luna, y por esto las huellas de los astronautas —y las de Max— pueden permanecer por siglos.

En la Tierra, el aire atrapa el calor y difunde la luz solar en las sombras. Pero como no hay aire en la Luna, las sombras están extremadamente frías y oscuras. Por eso Max no pudo ver nada y sintió tanto frío cuando miró tras una roca.

En la Tierra, la atmósfera disipa la luz del Sol en todo el cielo, haciendo que de día sea brillante y azul y que esconda a todas las estrellas. En la Luna, la falta de aire causa que el cielo esté más negro que en la noche más negra en la Tierra. En la Luna, si evitas mirar hacia el Sol o hacia la brillante superficie de la Luna, puedes ver estrellas aún a la luz del día.

A fin de conservar para la posteridad la huella donde Max pisó por primera vez en la Luna, los astronautas la rodearon con una pequeña valla. Ya que no hay viento ni lluvia en la Luna, la huella todavía permanece ahí, aunque ya son muchos años desde el primer viaje de Max a la Luna.

Max pensó que sería divertido jugar con un palo. Como no vio ninguno, decidió buscar uno detrás de una roca. Pero cuando puso su cabeza en la sombra de la roca, no pudo ver nada. Estaba más oscuro que la noche más oscura y además hacía mucho frío.

Max saltó para atrás sorprendido y preocupado. Tori se agachó para calmarlo.

—No te preocupes, Max. Tu eres un buen perro y sólo tienes que evitar las sombras. De todas maneras no encontrarás palos en la Luna. Nada puede vivir aquí, así que no hay árboles. Pero mira, Max: Traje un Frisbee para que juguemos con él.

El polvo lunar

Max y los astronautas dejan huellas en la superficie de la Luna porque la superficie está cubierta con una delgada capa de "polvo lunar". Debajo de esta delgada capa, el polvo está tan comprimido que se siente como un sólido, y aún más profundo hay roca sólida.

Quizá te preguntas por qué la Luna tiene una superficie cubierta de polvo, y la respuesta nos lleva de nuevo a su falta de aire. El polvo es, básicamente, roca pulverizada — roca que ha sido pulverizada debido al impacto de pequeñísimas partículas provenientes del espacio. En la Tierra, este tipo de partículas se queman en la atmósfera; son las "estrellas fugaces" o *meteoros*. En la Luna, la falta de aire significa que las partículas se estrellan con la superficie a velocidades aún más altas que la de una bala; así que cada impacto crea una pequeña cantidad de polvo. Aún cuando los impactos de estos *micro-meteoritos* son muy raros en un lugar específico, a lo largo de miles de millones de años han habido los suficientes como para cubrir a la Luna con una superficie polvorienta.

El polvo lunar puede parecer arena oscura, pero los granos tienen bordes cortados y punzantes (ya que no hay erosión del viento y lluvia que pueda pulir sus bordes). Tienen también electricidad estática que los hace adherirse a casi todo. De hecho, el polvo lunar creó muchos problemas para los astronautas del Apolo, ya que se adhería a todo y podía atascar cualquier equipo. Un desafío para las futuras misiones a la Luna será el encontrar una solución a los problemas del polvo lunar.

Buzz Aldrin tomó esta foto de una de sus huellas durante la misión Apolo 11.

Tori logró un estupendo lanzamiento, aún cuando el gran guante de su traje espacial le hacía difícil sujetar al Frisbee. Max daba saltos tratando de agarrarlo. Sin embargo, el Frisbee no hizo una curva como Max lo esperaba y le falló por mucho.

Tori se dio cuenta rápidamente por qué Max estaba confundido. Él no sabía que los objetos se mueven de manera distinta cuando no hay aire. Tori levantó una piedra y sacó una plumita de pájaro que había traído en su mochila.

—Mira esta pluma —le dijo a Max—. En la Tierra, el aire causaría que la pluma caiga lentamente al piso. Pero no hay aire en la Luna, así que una pluma cae igual que una piedra.

Cayendo sin aire

La demostración de Tori de la pluma y la piedra revela un hecho importante de la gravedad: sin aire que afecte al movimiento, todos los objetos caerían con la misma velocidad.

Este hecho sorprende a mucha gente, porque en la Tierra siempre estamos rodeados de aire. De hecho, esta propiedad de la gravedad sólo fue descubierta hace como 400 años por el famoso científico italiano Galileo.

Puedes corroborar este hecho por ti mismo. Si tiras una piedra y una hoja desdoblada de papel al suelo, la piedra cae rápidamente mientras que la hoja cae flotando lentamente. Pero si comprimes el papel en una bola compacta, a fin de que el aire no la afecte tanto, la roca y la bola de papel caen al mismo tiempo.

Por cierto, la demostración de Tori con la piedra y la pluma fue realmente realizada por el astronauta Dave Scott en la misión Apolo 15, excepto que Scott usó un martillo que había traído con él en vez de la piedra. Puedes ver la demostración de Scott mirando el video en www.BigKidScience.com/max_moon.

Tori tomó el Frisbee y lo lanzó una vez más. Pero ahora, Max supo qué hacer. Tori lo lanzó muy alto, así que Max tuvo mucho tiempo para situarse debajo del Frisbee. Se volteó y miró hacia atrás para ver cómo caía el Frisbee. Estaba perfectamente posicionado para atraparlo.

Pero había un problema...

Los Frisbees y pelotas lanzadas en curva en la Luna

Los efectos causados por el aire son aún más dramáticos para el vuelo de Frisbees y otros objetos voladores. Las bellas curvas y vueltas que hacen al volar son posibles sólo por la forma en que el aire los empuja. Sin aire, la trayectoria de un Frisbee sería tan simple como la de una piedra. Por esto, Max quedó sorprendido cuando Tori lanzó el Frisbee por primera vez; esperaba que se curvara como lo hace en la Tierra.

El remolino de aire alrededor de una pelota de béisbol es lo que hace posible que la pelota viaje en una curva. En la Luna, aún el mejor jugador de la liga mayor, no podría hacer que la pelota haga una curva.

Claro que si jugaras dentro de un estadio lleno de aire en una colonia lunar, los Frisbees y las pelotas de béisbol se comportarían como en la Tierra —excepto que, debido a la débil gravedad, se lanzarían más alto, llegarían más lejos y durarían más en el aire antes de caer.

21

La ciencia de las rocas

Te has preguntado, ¿por qué los científicos están tan interesados en las rocas? La respuesta es que podemos averiguar muchas cosas cuando estudiamos las rocas, ya que todas las rocas tienen su historia.

Como todo lo demás que podemos tocar y sentir, las rocas están hechas de *átomos* y *moléculas* microscópicas. Los átomos y las moléculas pueden moverse en un gas como el aire, o en un líquido como el agua o en lava derretida, pero están atrapadas en su lugar en sólidos como hielo o roca. Como resultado de esto, un estudio cuidadoso de las rocas nos puede decir cuándo y dónde se formaron.

Sorprendentemente, podemos inclusive saber *cuándo* una roca se solidificó. Muchas rocas contienen átomos *radioactivos*, lo que quiere decir que estos átomos tienden a cambiar a otros tipos de átomos al pasar del tiempo. Por ejemplo, los átomos de uranio se transforman eventualmente en átomos de plomo. Los científicos pueden medir la frecuencia de estas transformaciones y luego usan estos datos para determinar la edad de una roca.

Este tipo de estudio nos ha enseñado que el Sol, la Tierra y los planetas se formaron hace como 4,500 millones de años en un remolino gigante de gases. De hecho, una comparación cuidadosa entre las rocas terrestres y las de la Luna nos ha llevado a entender con bastante certeza cómo se formó la Luna. Los científicos sospechan que la Luna se formó poco después de que se formó la Tierra, cuando un meteorito gigante chocó con la joven Tierra mandando parte de su cubierta al espacio exterior. Después, la gravedad hizo que este material se volviera a compactar, formando así la Luna. Si recolectamos y estudiamos más rocas lunares, en el futuro podremos saber si esto fue lo que realmente sucedió.

Max, Tori y los astronautas tuvieron mucho trabajo en los próximos días. Recolectaron piedras para que los científicos las investigaran y también colocaron telescopios para estudiar planetas y estrellas distantes. Pero más que nada, les gustaba observar a la Tierra que parecía estar colgada de un punto en el cielo.

Al pasar el tiempo, las largas sombras les señalaron a Max y al resto de la tripulación que la oscuridad se aproximaba. Ya era tiempo de regresar.

Una vez que todos estuvieron a bordo de la nave espacial, Max y Tori le dijeron adiós a la Luna y la tripulación cerró la compuerta. Encendieron los motores de propulsión y despegaron de la Luna.

Únicamente doce días después de haber dejado la Tierra, Max, Tori y el resto de los astronautas estaban de regreso en la Estación Espacial. Después, un trasbordador espacial los trajo de regreso a casa.

El día y la noche en la Luna

Nosotros tenemos día y noche porque la Tierra gira, o *rota*, una vez cada 24 horas.

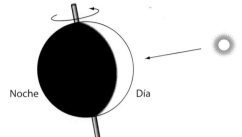

Noche   Día

La Luna también rota, pero más lenta: el "día" lunar dura aproximadamente un mes en vez de 24 horas. En la Luna, tendrías como dos semanas de "día" desde la aurora hasta el ocaso, seguidas de dos semanas de "noche".

La rotación de la Luna es especial en otro sentido: es justo la velocidad que hace que la Luna siempre esté dando a la Tierra la misma cara. Esta rotación especial no es una coincidencia; es una consecuencia natural de la forma en que la gravedad afecta a la Tierra y a la Luna. Si vieras la Tierra desde la superficie de la Luna, la Tierra parecería estar colgada en el cielo siempre en el mismo lugar —ni sale ni se pone. Sin embargo, observarías que la Tierra también pasa por un ciclo mensual de fases: de nueva a llena y de regreso a nueva, así como vemos las fases de la Luna desde la Tierra. (Se ve una Tierra "creciente" en la página 22.) También verías desde la Luna que la Tierra gira lentamente sobre su eje, completando una rotación cada 24 horas.

Por cierto, algunas personas se preguntan cómo Max, Tori y la tripulación regresaron a casa en un trasbordador espacial ya que los Trasbordadores de la NASA han sido retirados. La respuesta es que un "trasbordador" puede indicar cualquier vehículo que viaja entre dos lugares, como por ejemplo, entre la Tierra y una estación espacial.

23

¿Por qué construir una colonia en la Luna?

Una colonia lunar sería un gran lugar para ser visitado por sus vistas magníficas y sería muy divertido jugar donde la gravedad es más débil. Además, tendría muchos beneficios adicionales.

Las rocas lunares contienen muchos metales valiosos. Se podrían hacer minas en la Luna para extraer estos metales y mandarlos a la Tierra. Ciertamente los podríamos ocupar para construir nuestra colonia lunar y nuestras naves espaciales para explorar el resto del sistema solar. Además, el suelo lunar tiene atrapado un gas, llamado helio-3, que es muy escaso en la Tierra. Muchos científicos creen que este gas se podría utilizar como combustible para plantas de *fusión* que generarían energía limpia, segura y abundante.

La Luna también es valiosa desde el punto de vista científico. Las rocas lunares nos pueden enseñar mucho acerca de la historia de nuestro sistema solar, y estudiar la geología lunar posiblemente nos ayudaría a entender mejor los volcanes y los terremotos de la Tierra. Las observaciones astronómicas desde la Luna nos darían más beneficios científicos. La falta de aire significa que los telescopios en la Luna tienen una visión más clara que los de la Tierra. Si bien las mismas vistas claras se pueden obtener de telescopios en el espacio (como el Telescopio Espacial Hubble), sería mucho más fácil para los astronautas el construir y operar grandes telescopios en la sólida superficie de la Luna.

Pero el beneficio más importante de una colonia lunar podría ser la forma en que inspiraría a los niños a trabajar para alcanzar sus sueños. Así, como se dijo en la página de la dedicatoria, esto nos ayudaría a vivir en un mundo tan maravilloso como el que se describe en este libro.

Una vez en la Tierra, miles de millones de personas vieron el viaje de Max en las noticias. Todos hablaban del viaje del perro a la Luna. Algunos adultos opinaban que no había valido la pena el haber gastado tanto dinero.

Pero los niños sí entendieron por qué era un momento tan emocionante. Les pidieron a sus padres que ayudaran a mandar otra vez a Max a la Luna —pero esta vez para construir una gran colonia lunar a donde muchos niños pudieran ir a visitarlo y a aprender cosas sobre el universo.

Atmósferas y telescopios

Dependemos de la atmósfera de la Tierra para nuestra supervivencia, pero la atmósfera crea dos problemas significativos para los telescopios.

¿Recuerdas la canción *Twinkle, Twinkle, Little Star*? (o la versión en español, *Estrellita, ¿dónde estás?*) Nuestra atmósfera causa el centellear de las estrellas como en la canción, pero por la misma razón causa que los telescopios no se puedan enfocar nítidamente en la Tierra. Para entender por qué, deja caer una moneda al fondo de un vaso con agua. Agita un poco el agua y verás cómo la moneda parece moverse aún cuando esté perfectamente inmóvil. Esto sucede porque la estás viendo a través del agua que está en movimiento. De manera similar, vemos a las estrellas centellear sólo porque las estamos viendo a través de la atmósfera de la Tierra, que es aire en movimiento. Vista desde el espacio, la luz de las estrellas se ve totalmente fija.

Para entender el segundo problema, piensa en cómo los perros pueden oír ciertos silbatos que la gente no logra oír. Así como hay sonidos que no podemos oír, existen ciertos tipos de luz que no podemos ver. Sin embargo, podemos tomar fotografías usando esa luz a través de telescopios y cámaras especiales. Estas fotografías nos muestran cómo se verían las cosas si nuestros ojos *sí pudieran* ver esa luz. Estas fotografías especiales pueden revelarnos detalles del universo que de otra manera permanecerían invisibles. La atmósfera de la Tierra bloquea la mayor parte de esta luz invisible y sólo podemos estudiarla con telescopios en el espacio o en la Luna.

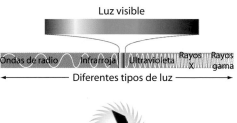

Luz visible

Ondas de radio · Infrarroja · Ultravioleta · Rayos X · Rayos gama

← Diferentes tipos de luz →

Los deseos de los niños fueron tan convincentes que todas las naciones del mundo decidieron cooperar para construir una gran colonia en la Luna cubierta por muchos domos.

Los domos cubrían casas, oficinas y, por supuesto, la Universidad de la Luna. Se llenaron los domos con aire para que no se necesitara usar en su interior trajes espaciales. Los alimentos se cultivaron en invernaderos y el agua se reciclaba cuidadosamente.

Fuera de los domos, los astronautas construyeron grandes telescopios para observar al universo. Los estudiantes y los científicos hicieron grandes descubrimientos casi todos los días.

La Universidad de la Luna

¿*A ti* te gustaría estudiar en una universidad en la Luna? Esta ilustración muestra cómo podría verse una colonia lunar que tuviera una Universidad de la Luna.

Como se cuenta en la historia de este libro, la colonia estaría llena de aire y, en principio, la podríamos hacer para que se parezca a la Tierra con plantas, estanques y otras cosas que la hagan sentir como un lugar familiar. Por supuesto que todavía estarías viviendo en la gravedad débil de la Luna, así que en la cancha de basquetbol, verías a los estudiantes saltando ¡por encima de los aros!

Si te estás preguntando cómo llevaríamos todo esto para allá, es claro que tendríamos que llevar plantas y tierra orgánica desde acá. Pero las estructuras podrían hacerse de materiales extraídos de minas en la Luna. Además, los científicos han encontrado formas de extraer oxígeno de las rocas lunares para hacer aire. El reto más serio sería el del agua, pero quizá podríamos también conseguirla en la Luna. Hay una pequeña cantidad de agua atrapada en las rocas lunares, y recientemente los científicos han descubierto grandes cantidades de hielo en cráteres en los polos norte y sur de la Luna.

En suma, si realmente hiciéramos el esfuerzo, probablemente podríamos construir una colonia en la Luna en una o dos décadas. En tal caso, algunos de los niños de hoy podrían realmente ir a una universidad en la Luna y sus padres podrían visitarlos ¡durante las vacaciones de primavera!

La construcción de la Colonia lunar cambió también muchas cosas en la Tierra.

Los niños trataron de aprender más en sus escuelas con la esperanza de que pudieran estudiar algún día en la Universidad de la Luna. Los adultos ahorraban dinero para poder realizar viajes turísticos a la Luna.

Lo más importante fue que, cuando las gentes vieron las magníficas vistas de la Tierra desde la Luna, se dieron cuenta de que todos compartimos un pequeño y valioso planeta.

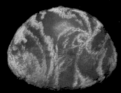

27

Por supuesto, nada de esto hubiera sucedido a no ser por Max.
Max estaba feliz de que había podido ayudar tanto. Pero no era
el tipo de perro que iba a detenerse en eso.

El universo es enorme. ¿Adónde irá la próxima vez?

Entendiendo las fases de la Luna

¿Quieres saber *por qué* la Luna tiene fases? Es fácil de entender usando una simple demostración.

Saca una pelota en un día soleado. Imagina que la pelota es la Luna y que tu cabeza es la Tierra. Pon la pelota en tu mano, estira tu brazo, y da la vuelta lentamente (siempre girando hacia la izquierda), de tal forma que la pelota gire alrededor de ti como la Luna gira alrededor de la Tierra. La mitad de la pelota que da hacia el Sol siempre está iluminada y la otra parte siempre está más oscura. Pero la cara de la pelota que *tú* ves, cambia de fases mientras das la vuelta.

Empieza por poner la pelota hacia el Sol. Únicamente puedes ver la mitad de la pelota que está más oscura, así es que esto representa una "pelota nueva" (como una luna "nueva"). Conforme empiezas a dar la vuelta, verás cómo la pelota pasa por las fases crecientes. Primero verás una pequeña zona iluminada por el Sol y una vez que hayas girado un cuarto de vuelta, verás a la pelota con una mitad iluminada y la otra en sombra —"el primer cuarto de pelota". Después verás una "pelota gibosa" que está iluminada más de la mitad, y cuando esté del lado opuesto al Sol, verás una "pelota llena". Al continuar tu giro, verás las fases menguantes.

Vemos las fases de la Luna debido a la misma razón. La Luna siempre está la mitad iluminada y la mitad oscura, pero la fase que vemos depende de la posición que ocupa la Luna en su órbita alrededor de la Tierra. El diagrama de Tori y Max muestra en qué punto de la órbita de la Luna vemos cada fase y las fotos muestran cómo se ven las fases.

Desafío: ¿Cuando vemos una luna nueva, qué fase tendría la Tierra vista por personas en la Luna? (Para obtener la respuesta, visita www.BigKidScience.com/max_moon).

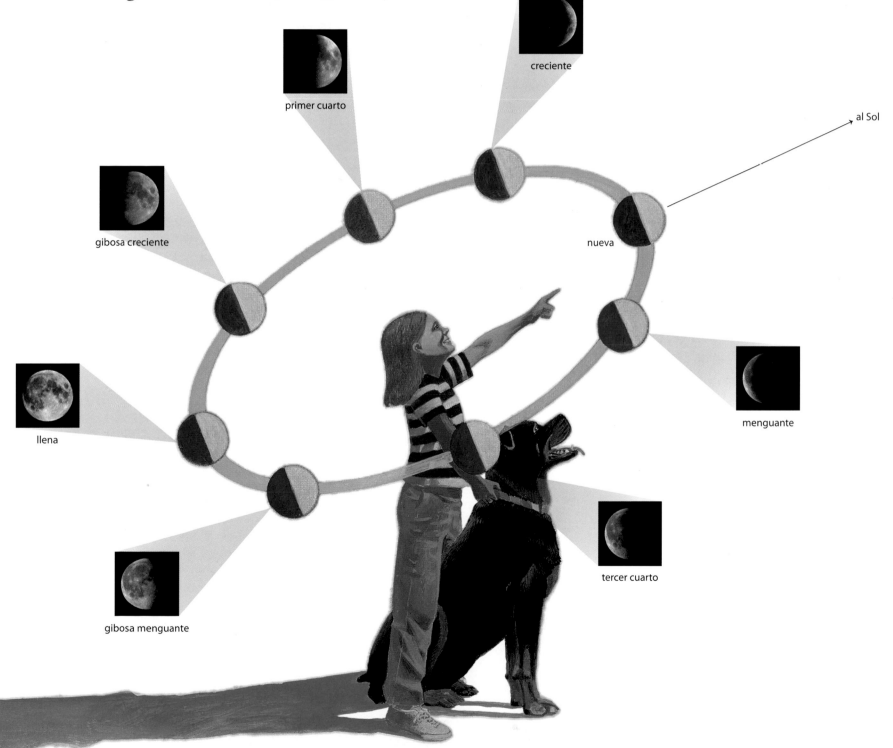

creciente

primer cuarto

al Sol

gibosa creciente

nueva

llena

menguante

gibosa menguante

tercer cuarto

Acerca de Max

El verdadero Max era un Rottweiler que pesaba 55 kilos (120 libras) y que vivía con el autor y su familia. Max era de lo más amistoso y sus muchos trucos sirvieron de inspiración para este libro. Era conocido por su truco del carrusel, en el que hacía girar con sus patas a un carrusel de un parque público. Una vez que el carrusel giraba a gran velocidad, Max saltaba sobre el carrusel mismo —cuidando siempre de no pegarle a los niños que giraban con él. (Ver el video en www.BigKidScience.com/maxvideo/). También era el único perro que hemos conocido que no se comía un filete a menos que se lo cortáramos primero en pequeñas rebanadas.

Max en el espacio

Max fue un miembro honorario de la tripulación en el último viaje del Trasbordador Espacial Discovery, durante el cual el astronauta Alvin Drew leyó *Max viaja a la Luna* en voz alta desde su órbita. Aprende más y ve el video en www.BigKidScience.com/max_in_space.

El show del planetario de *Max viaja a la Luna*

No dejes de ver el show del planetario de *Max viaja a la Luna* en alguno de los planetarios alrededor del mundo. Esta presentación, que la crítica recibió muy favorablemente, se produjo en el Fiske Planetarium de Boulder, Colorado, con apoyo del Instituto de Ciencia Lunar de la NASA. Para recibir más información y para averiguar cómo puedes descargar una versión del show en formato de pantalla, visita www.BigKidScience.com/planetariumshow.

Todos los libros de Big Kid Science están escritos y han sido revisados por científicos profesionales de tal manera que puedes tener plena confianza de que no sólo son divertidos, sino que son correctos desde el punto de vista científico. Para saber más de los libros y productos educativos de Big Kid Science, visítanos en www.BigKidScience.com